夜は、待っている。もくじ

夜は、待っている。

「会いたいから来ましたよ」と、そう言って会った。
それが、いちばん自然だったので、そうなった。

ほとんどのよろこびも、たいていのかなしみも、
日常の顔をしてドアを開ける。
びっくりするのは、その後なのだ。

補助線を引くこともできず、
暗闇のような問題の前で立ち往生している時間。
やがて、ことばにもならない答えが
あかりのように見えてきて、消える。
わぁと、うれしい気持ちが残る。
ことばが追いつくのは、ずっとあとのことだ。

あらゆるものごとは生きもので、
遠くに見てるときと近くで見てるときは、
ちがうものにも見える。

「わからないままのこと」は、
わからないままですと言い、
「少しわかったかもしれないこと」について、
どう表現しようかと汗をかく。

「ひとり」に向かって「ひとり」を見つめている人は、
まったく別の場所にいる「ひとり」に発見される。
たった「ひとり」かもしれないし、
無数の「ひとり」かもしれない。

思春期とか、好きな人の名前を書いてみるとか、
誰にも聞こえない場所で、名前を呼んでみるとか、
たいていの人はやったことあるんじゃないでしょうか。
好きだの、愛してるのと言わなくても、
その人の名前を呼ぶだけで、そういう意味になっちゃう。

サイコロ振るときに「一が出ませんように」というふうに、
起こってほしくないことを強く念じるのはダメだよ。

「動機」のあるものは、強い。ほんとにそう思う。
「動機」はなかなか金で買えるもんじゃない。
「動機」は、どんなに品質のいい材料にも増して、
そのプロダクトの魅力を輝かせる。
「動機」のないものをみすぼらしくさえ見せてしまって、
競争に勝ったりもする。

「そんなこと、できません」という場合は、
「そんなこと、できません」が、あなたの出発点です。

いちばん大事なことっていうのは、
基本的に「みんなが持てるもの」のなかにあるんだと、
ぼくは思っているんです。

ことばは、ものさしの役目もしますけれど、
ものさしではありません。
ことばは、位置を示してくれたりもするけれど、
地図ではありません。
ことばは、あいまいで、ゆたかで、ひきょうで、
ゆかいで、いいかげんで、きびしくて、おもしろい。
記号に似ているけれど、記号じゃないんです。

嫌いな人の言う「いいこと」も、「いいこと」とわかりますように。

世の中は説明ばかりがあふれています。
落ちるりんごよりも、
りんごが落ちることの説明のほうがずっと多いくらい。

わたしは、ぼくは、おれは、なにが「好き」？
誰にも文句は言わせない「好き」なんだから。
その「好き」は、その人そのものの大事さと同じ。
思い出しましょう、じぶんの「好き」を。

「名前をつける」というのは、なんだか、
「プレゼントする」という行為と似ています。
意味とか、理由とかは、ほんとは二の次なんです。
受け取った相手がよろこんでくれて、
思いついたじぶんがうれしい気持ちになれるなら、
それが最高のプレゼントになるじゃありませんか。

大きさって、「感じ」を含んでるんですよね。
人それぞれが持っている「世界」のイメージのなかに、
ものすごく重要な要素として、「大きさ」がある。

すっすっすっと流星群のように、
「いい考え」が降ってくるときがあるんですよね。

考えても考えても、「いい考え」にはならない。
「感じる」ことができたら、「いい考え」が生まれる。
「気持ちいい」でも「不自由だ」でも「めずらしい」でも
「うれしい」でも「きれいだなぁ」でも、
そういう「感じ」が、ものすごく小さな、
ピンポイントの枝の先に止まってることがあるんです。
大きい「感じ」や、経験済みの「感じ」や、

みんながよく語る「感じ」の他に、
「んっ」って思う「感じ」を、感じられたら、
それはもう「はだかの赤んぼう」のような
「いい考え」なんです。

散歩したり、お風呂に入ったり、新しい仲間に会ったり、
旅に出たり、すっごく困ったりすると、
「感じ」が見つかりやすくなるんですよね。

"Don't think. Feel!"

ちょっとおしゃれをすることだとか、
しょうもないことで笑うことだとか、
誰かに知られちゃ困るような気持ちを持つことだとか、
大事なはずの時間をむだに使うことだとか、
後回しにされてしまうことのなかにこそ、
人間がとても愛してきた「生きること」の
エッセンスが入っているように思います。

上機嫌というのは、ある意味、最大の美徳じゃないかなぁ。

あたらしい空き地。

前の空き地についても、
もう憶えている人は
少なくなったかもしれませんが、
あれよりは小さいけど、
かわいい空き地がありました。
地面のふんわりぐあいが、
なかなか好みなんです。

なんでもない日。

なんでもない日って、
晴れてる日のことですか？
なんでもない日って、
ボール投げする日のことですか？
なんでもない日って、
食欲のある日のことですか？
なんでもない日って、
いい「うん」の出た日のことですか？
えーっ？ 雨の日もぅ？？

みぎ。

ブイちゃん、調子どう？
おとうさんは仕事してます。
これは、ふと右を向いたときに
見える景色です。
音楽はシュープリームスです。

あごまくら。

眠くなって、とろーんとしてきたら、
いつでも寝ていいんです。
それがうちのルールです。
あと、あごまくらも、
自由に使っていいんです。
これは犬だけのルールです。

人は、早く本文が読みたいのです。
なのに、わたしたちは、
なにか言い訳をしながらなにかを始めたりします。
ここんところを改良するだけでも、
「本文」にあたるものが、ぐーんと成長します。

大事なことは「義務にしない」と、うまく行く。

なにかの領域の「プロフェッショナル」だということは、
別のことについての「素人」であるとも言えます。
博士であれ教授であれ王であれ大臣であれ、
ほとんどのことについては「素人」です。
いや、メインの領域でさえも「素人でもある」はずです。

「ありゃ?」と感じて、
「なんでだろう」と考えはじめたら、
その問題はもう解決に向かって走り出している。

緊張感をともなう打席に立つ回数が、
どれほど大事であることか。
とにかく、逃げないで思いっきり振る。
その蓄積というのは、誤解をおそれずに言えば、
「凡人を天才に変える」くらいすごいものです。
早熟な人が、よく天才にまちがわれますが、
ほんとうにすごいのは、
天才のようになった凡人だと思うんです。

「打席」が回ってこないようにするにはコツがあります。

1. いかにも忙しそうにしている。
2. できるだけ不機嫌にしている。
3. 不健康や不潔にこころがける。
4. 他人の批判を熱心にする。
5. 知ったかぶりに努力する。

以上、誰でも簡単にできますから、メモメモ！

どれほど険しい崖を上るにしても、
「信頼」の手がかりになる突起は、
「正直」という材料でできています。

サーカスは「信じる」でできている。
ちょっとでも、じぶんや、仲間たちに対して
不信があったら、なんにもできない仕事だ。
あの素晴らしいパフォーマンスは、
「勇気」があるからできるんだと思ってましたが、
それよりも「信頼」が必要だったんだ。

映画の帰り道は歩くことにしている。
30分くらいの夜の散歩が、
横道のなにかを見つけさせてくれるものだ。

さみしいとか、悲しいとか、不安だとか
暗めの気分から脱けだしたいときに。
胸の上のあたり、
つまりUネックやVネックのシャツで
肌が見えてるところを、
温かい手とか、蒸しタオルとか、
使い捨てカイロなんかで温めてやるといい。
これ、経験的に、そうなの。根拠は知らない。

小学校や中学の校庭に、どこやらから犬が入ってきて、
子どもたちに興奮して走りまわるようなことがあった。
その犬みたいなことばを、たまに放りこみたいと思っております。

世界が意味で満ちていると思うのは、錯覚ですよ。

いくつかのまんじゅうがあって、
ほとんどは、中にあんこが入っている。
ひとつだけ、からしがたっぷり入ってる。
怖がりながらひとつ食べても、
怖がらずにひとつ食べても、
これから起こることは同じなのだ。

じぶんと他人を、がんじがらめにしばっている呪い。
おたがいに監視しあって解けないように気をつけている。
呪いのほとんどは、ありもしない。
あるような気がするというだけで、
もうそれは呪いになっている。

釣りをはじめて間もないころ、知識も技術もないままに、
琵琶湖に行くことになりました。
地元で働いている釣りのじょうずな人が、
コーチ役でついていてくれて、親切に教えてくれました。

「水のなかで、ルアーが動いているのが見えますか?」
ラインの先に付けてあるルアー（擬似餌）が、
水中のどういう場所で、どう動いているかを、
想像しなさいというわけです。
ぼくはシロウトの見栄で、想像できてないのに、
「ええ、見えます!」なんて言っちゃってね。
そしたら、コーチ、すかさず言いました。

「ちゃんと、カラーで見えますか?」

これが、経験というものであり、具体性というものです。
商品の開発でも、好きな人とのデートでも、
いくらでも妄想をはたらかせることはできます。
ああしてこうしてこうなって……でもね、です。
「ちゃんと、カラーで見えますか?」なんですよ。

決まり切った考えや、お下がりの美意識で、
ものごとをまとめると、色が死んでしまいます。
借り物でないじぶんの目と、足と、じぶんの心で、
なにかを描こうとしたら、たぶん、色がつきます。
ぼくも、「ちゃんと、カラーで見えますか?」です。

夜になると、
「じぶんにできることの少なさ」を、感じます。
これは無力感とはちがうのです。
浮かれとか酔いとかがすっかりなくなるのが、
ひとりになった夜の時間です。
そういうときには、じぶんの身の丈がよくわかります。
そして、やろうとしていることの現実も、
原寸で見えるように思います。
あきらめずに前を向いているし、
少しずつ動いているのだけれど、
「できたらいいな」と思うことの多さにくらべて、
「できることは少ない」と知るんですよね。
だからといって、です。
「少なさ」をばかにしちゃあいけない。
そういうふうに、じぶんに言い聞かせます。

弱い側ほど、正々堂々をやらなきゃだめだよ。
そんなんじゃ勝てない、と思っちゃいけない。
ほんとうの力になるためには、
戦い方がきれいだということは、
勝つより大事なことだと思うんだ。

息子の嫁、という人がいたら、
もう、むやみにかわいがろうと思うんだけど、
その前提になる息子がいないんだよ。

トイレのドアに「Gentlemen」と記されていたので、
ぼくはこれからはここを「紳士倶楽部」と呼ぶことにした。

あたかも「白紙」のように思える「日常」のなかに、
あらゆる「いいこと」「わるいこと」が、
筆圧の強い「点」のようにあるんですよね。
目はたしかに「点」を追ってしまうけれど、
日常という「白紙」の余白が、
ちゃんと見えてるようにしたいなぁ、と思ってます。

まっぱだかでは生きられないのですが、
はだかに敬意をもってやっていこう。

ふしぎっぽい。

犬は、いろんなところで
くんくんしますが、
今日はちょっと変わったところで。
犬も、おとうさんも、
いつもと同じなのですが、
場所のせいで、なんかへんでしょ？

こうえんでびゅー。

公園で遊んでいたおねえさんたちに、
ボール投げをしてもらいました。
「おおきに」と思いました。
「おおきに」というのは、
「ありがとう」という意味です。

ぼくのなかにも、正直に言えば、
もちろん「北風」的な発想は残っています。
だけど「北風」のようには、ふるまってないはずです。
なんとか「太陽」のやり方を、追いかけたいからです。

とても「こどもっぽい感覚」と、
とても「おとなっぽい判断」との
交差点にいようと思ってる。
ぼくはまるっきりのこどもじゃないし、
そこまでおとなにはなれない。

いまの人たちは、Q&Aが大好きですよね。
質問があって、正解がひとつ……みたいな。
それより、Q&Q&Q&Q&でいいんですよ。
Aは、そのなかに自然に混じってるんだから。

なんかねぇ、「前例にならう」っていうの、
徹底的に疑ったほうがいい時代になってる気がする。
最終的に、前例にならったっていいとは思うのですが、
まずは、なんとかじたばたしてみて、
「前例にだけはならわない」というところで発想する。
そして、「やっぱり前例って、たいしたもんだ」
ということになったら、ならえばいいと思うんです。
変えようともしないで前例を持ち出すのは、
とにかく、やめたいものです。

くらべることを、ちょっとやすんでみる。

あっちの人は、いけないとか、
そっちの人は、ぜいたくすぎるとか、
あっちの人のほうが、がんばってるとか、
そっちの人のほうが、やさしいんじゃないかとか。
くらべることで、いいことなんかあるのかな。

くらべなくたって、なんでもできるはずだ。

「ひとりじゃできないこと」と
「ひとりでもできること」があってさ。
「ひとりじゃできないこと」を求めつづけて、
「ひとりでもできること」をぜんぜんしてない
なんてことになっちゃうと、ばからしいよね。

1ぼくが「悲観論」になっているときには、
だいたいは、難しくて解きにくい問題から、
あるいは難しい問題も含めた大量の問題を、
なんとか解けないものかと悩んで、
立ち往生し袋小路で身をすくめています。

2本気で、現実の問題を解決しようとしているときには、
まず、解きやすい問題を探し、
なんとかしてその問題を解いて、
足がかりをつくって、
さらに次に解ける問題を見つけて、解いて行く。

同じじぶんですけれど、1では悲観的で、暗いです。
そして、2の段階にいるときに、楽観的で明るいです。
悲観的になったまま、問題を次々に解いていくのは、
なかなか難しすぎるし、うまくいかないですから。
「ちょっとできたぞ」「ちょっとできたぞ」のくり返し。

じぶんはどうあるべきか、
じぶんに足りないところはどこか、
じぶんの道はこれでいいのか？
そういうことを考えることは、悪いことじゃない。
だけど、目がじぶんに向いているうちは、
ふらふらと不安定でしかいられないんだよなぁ。
目をじぶんから離さないと、力は出せない。

自分が信じるように相手から信じられること、
相手から信じられているように自分が相手を信じること、
これは、どちらもとても難しいことなんだ。

こっち側を疑う、あっち側を想像する。そうありたいです。

「自己肯定力」。

つまり「わたし」が生きていることを「いいいっ！」と思える力。

もしかしたら、誰もあてにできない孤独さと

向き合っているうちに鍛えられたものなのかもしれない。

「自己肯定力」は他者への否定ではない。

あなたに、ぼくに、もっと大きな「自己肯定力」を。

強い人というのは、ただ単純に、
力をたくさん持っている人というだけでなく、
じぶんの力をよく知っている人だという気がします。

なにかを思い立ったとき、
じぶん以外の「もうひとり」に言ってみる。
「もうひとり」に出合うということが、
とても大事なんだ。
「もうひとり」という他人は、たったひとりだけれど、
「おおぜいのいる社会」の一例ですからね。

考えを育てたり深めたりすることには、
じっくりと静かに「自問自答」することが大事で、
考えを機能させたり実用に使うときには、
じぶん以外の「もうひとり」に向けて、
手を伸ばすことが大事なんです。
「じぶん+もうひとり」は、最低人数の組織です。

アイディアやら、決意やらを、
じぶん以外の人に話してみるということ。
じぶん以外に、それを聞いてくれる人がいること。
それって、ものすごく大事なことだと思うのです。

「ひとりでもやる」って開き直ると、別のひとりが集まってくる。

「らくそうでいいな」と始めたことでも、
だんだんやってるうちに、ものすごくらくじゃないことに気づく。
そして「らくじゃないけど、やめられない」と進む人と、
「らくじゃないからやめたい」と思う人に分かれる。
遊びでも仕事でも、そうです。

ぼくは「素人の考えにこそ発想のヒントがある」とは、
まったく思っていません。
でも、専門家がたどりついた最高の方法が、
素人の考えと重なったりすることは、あるんですよね。

ぼくが職業として、それでめしを食っていたのは、
コピーライターという仕事でした。
コピーライターとして、
専門の勉強をしたことになっていましたが、
専門学校のようなところで、１年くらいだけです。
その期間、教室に通ったことを根拠に、
ぼくはコピーライターとして、
広告制作プロダクションに就職したのでした。

専門性のちがいなんて、講座に通ったかどうかだけです。
このことについては、ぼく自身が、
「あやしいものだよなぁ」と思っていました。
実際の仕事をはじめてから、ぼくの実力は、
ほんの少しずつましになっていったのでした。

じぶんの職業の専門性を疑っていたぼくは、
他の職業の人にも、その失礼な目を向けていました。
写真学校を出たからカメラマンだとか、
美術の学校を出たからデザイナーだとか、
料理学校に通ったから料理がうまいとか、
経済学部を出たから経済のことはまかせとけとか、
そういう思いこみは、やめたほうがいいと思ってました。

たった1年か2年、なにかを習ったということで、
どれだけ「シロウト」とちがう力を発揮できるのか。
そういう生意気なことは、いまも思っています。
なにかを習ったから、「最低限ここまでできる」とか、
ある期間弟子だったから「一割くらいは先生」なんて、
自動的に力がつくなんてことは、ないと思っています。
せいぜい、「その世界に詳しい人」になるだけです。

どこで、「口説く側」と「口説かれる側」に分かれるか?
それは「やりたいこと」があるかないか、によってです。
やりたいことがある人が、「口説く側」に立つしかない。
知恵や知識を教えたい先生、
つくったものを買ってほしい人、
好きな人といっしょになりたい人、
なにかの企画を思いついて実現したい人、
みんな動機や目的のある人なんです。
それを実現するのには、相手を口説かなきゃならない。
そういうしくみになっています。
たいへんですよ、「口説く側」に立つというのは。
でも、そのめんどくさい側に立たないと、
ただ待ってるだけの人生になっちゃうんですよねー。

説得力ってことについて考えていたんだけど、
「ちゃんとやってるやつ」の言うことって、
だいたいみんなが耳を傾けるよ。
それが説得力ってものじゃないかな。

イメージを豊かに湧かせる人は、
「実現」にはあんまり興味がなかったりするものです。
「実現」を得意とする人は、
イメージを広げすぎることを怖れたりもします。

とにもかくにも、じぶんのことって、
じぶんが言いだして、じぶんが納得しなきゃ、
なんにもできないんです、ほんとに。
と、以上は、じぶんに言ってることです。

梅棹忠夫さんの展覧会が、
岡本太郎さんの太陽の塔のとなりで開かれているのは、
少しも偶然ではなく、同窓会のようなもの。
誰もが創り楽しむ時代を予感し加速させた人たちだと思う。

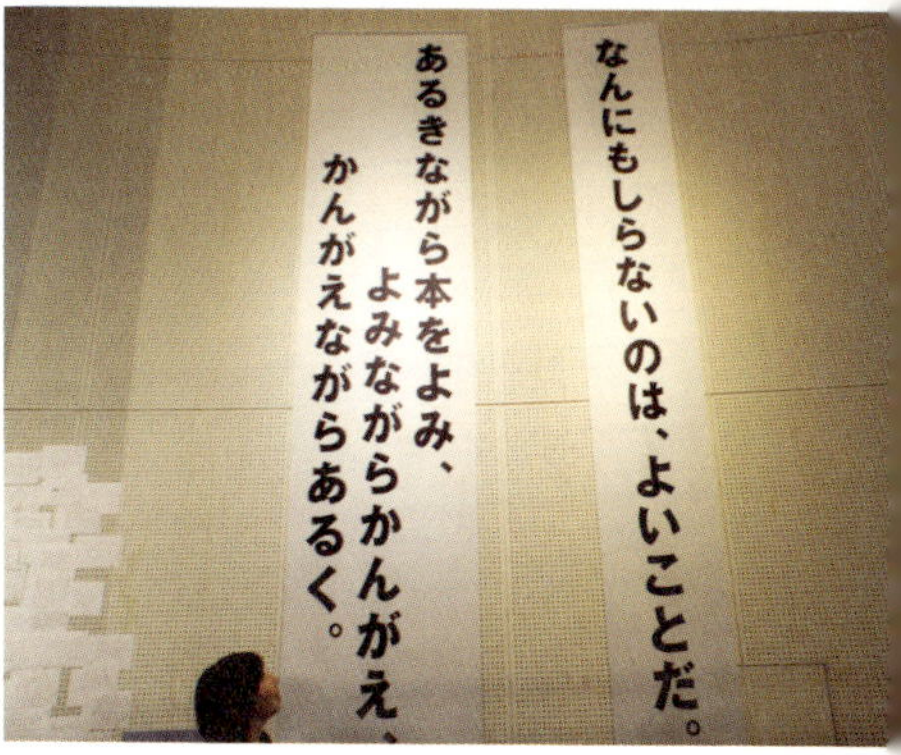

ウメサオタダオ展。

スタートは、なにもしらないこと。
そこから、はじまるんだなぁ。
ゼロからのスタートって、
知ってるつもりのところからは、
できませんものね。

したしまれてる。

太陽の塔って、かっこよくも撮れるんだけど、
近所のおっちゃんみたいに、
ちょっと図体の大きい
おもしろい人みたいにも写ります。
ずいぶん、親しまれてるんですよね。
やぁ、こんちわー。

なんだか。

いつもの犬の日光浴の場所が、
いろんなこたちに、
占領されているみたいです。
こんなことで、いいんでしょうか。
おとうさんは止めないんでしょうか。
犬は、ここに戻れるんでしょうか。

こうえんへ。

歩いているうちには、
みょうなものに会います。
公園の入り口が、
いままでとちがっていました。
歩くところが絵だったんです。
いいんじゃない？
犬は、そう思っています。

なんだか空が。

犬とおとうさんが、会社から
遠回りして帰ってきたころ、
空はこんなんなっちゃってました。
かわいい雲もありますけれど、
こわい雲もあるんですねー。

いつのことだ。

ずいぶん、雲が低い日だった。
水平線が見えてるみたいだった。
真夏とも言えそうだし、
夏の終りとも言えそうだし。

いいお天気ですね。
あいさつって、そんなふうにはじめる。
意味や内容じゃなく、
「そうですね」って感じ合いたいからなんだ。

恋愛というのは、いわば「妄想」の世界でしょう。
ああでもない、こうでもなさそうだ、
ああかしら、こうかしら、と、
ひたすらに妄想するんですね、だいたい。

まずまず、すべての恋は、片思いなのでありまして
（両思いというのは両側からの片思いでしょう）、
「妄想」なしの恋なんかありゃしないわけです。
人にとってとても大切な「想像力」というのは、
こうして鍛えられていくのかもしれないですね。

「かわいいおよめさんになる方法」を質問されました。

「いやぁ、そんなの、なろうとしないほうがいいんじゃない？

相手の人は、あなたがうれしそうにしていることが、

いちばんうれしいんだから、

好きでうれしそうなら、それでいいんじゃない」と答えました。

ＯＫですか。

よく、花嫁の父親とかが、
男に向かって「娘を幸せにしてやってくれ」とか、
図々しくも言うだろう。
ありゃ、まちがいだと、オレは思うんだよ。
じぶんとこの娘のほうが、相手の男をさ、
幸せにしてやれたらいいなぁ、と。
そう思ってやるべきじゃないかとね。
それに、ま、誰かに幸せにしてもらおうなんてさ、
思っているようじゃ、幸せになんかなれないね。

不幸だの、悲しみだのは、どんなに覚悟していても、
ほぼ必ずやってくるものです。
だからといって、よろこべるときにもよろこばずに、
渋い顔をしていれば、避けられるというもんじゃない。
あれも心配、これも気をつけなきゃなんて思い煩っても、
その心配や不安に、有効に対処することなんて、
できるもんじゃないのだから、
まずは「うれしがったり、よろこんだり」しようよ。
結婚したり、子どもをつくったりしてる若い人たち、
明るく、そのまま元気に行きましょうね。
「わたしたちの前には、一切の不幸はない」
というくらいの思いこみで生きて行けー、と思います。

にしだくん。

アルバイト時代から、
7年いっしょにはたらいてる
西田くんの結婚披露パーティー。
いま、入刀して、はたらいてます。
およめさんは、かずえさんです。
おーめーでーとーおーっ！

「思い出」って、みんなちがうものです。
小林くんは、小林くんの生きてきた
家や場所や経験や人たちとの関係のなかで、
小林くんの思い出をつくります。
それはもう、吉田くんでも同じことです。

山田くんが夏休みに家族と行った海の思い出は、
たとえ似ていたとしても、伊藤くんの思い出とはちがう。
北海道で育った人と、沖縄で育った人とは、
やっぱり思い出がちがうし、
富山で暮らしている人と新潟の人も、思い出がちがう。
家がお金持ちだったかどうかでも、思い出がちがう。

兄弟の仲がよかったかどうかでも、思い出がちがう。
都会に住んでいたかどうかでも、思い出がちがう。

「思い出」って、ものすごくちがうものです。
そして、「思い出」が、その人を成り立たせていたり、
人の考え方や感じ方を決定づけているとも言える。
なのに、「思い出」のちがう者どうしが、
ともだちになれたり、愛しあえたりする。

「ぼくはキミとちがうということで、同じ。
なかよくして、いろいろ伝えあおうか」の気持ち。
ちがう「思い出」を分けあおうというココロ。

一万円札の登場は、ぼくの小学生時代でした。
この数字が無限大のように思えて、
家でおずおずと質問してみたのでした。
「おとうちゃん、うち、いちまんえんある？」
まさか、そんなものあるはずがないと想像しつつね。
そしたら、「あるよ」と。
びっくりしたなぁ、あん時は。

「明日、補助輪をとろうな」という日が来て、
子どもは、ものすごくうれしそうにしていた。
うれしそうにしているだけあって、
補助輪をとってから、ほんの10分も経ったら、
すうっと乗れるようになった。

補助輪なしでうまく自転車に乗れるようになったとき、
それを操縦している子どもは、けらけら笑う。
ああいうものを見ている時間がもらえるから、
親をやってるのは、おもしろいのだなぁと思った。

映画などで泣くようになってから、
あらためてわかったことは、
観客が「泣いた」からって、その作品が
優れているというわけじゃないということです。
さらには、「泣いた」からって、
こちらの感受性が優れているわけでもない。
そして、泣いたり騒いだりは、
他の人がなにかを堪えているような場面では、
とてもうるさいばかりです。
泣きたがりの人は、それも知っておくほうがいいです。
ぼくの場合は、泣くのが好きで、よく泣きますが、
表現として「わたしは泣いているぞ」
というふうにならないように気にしてはいます。

いい舞台って、「他人事」に見えてたのしむ時間と、
「じぶんの事」に思えて胸を痛める時間との、
まだら模様の見事さだ。

どうして引き受けたのか忘れちゃったけど、
若い女のコの雑誌の取材を受けてて。

「若い女のコに言いたいことはありませんか?」

と訊かれ……

「ないなぁ、こっちが言われたいよ」

……あ、これ、本音かも。

「なにか、メッセージはありませんか？」
「若者たちに、なにかメッセージを」

たいてい、ぼくは苦しんでしまって、
「とくにないですね」だとか、
「からだを大切に」とか適当なことを言って、
早くその場を逃げようとします。
ないんだものほんとに、
知らない人にメッセージなんて。
だいたい、メッセージって、なんなんでしょう。

もともと、人間の「生きる」には、
あんまりメッセージなんてものは、なかったんじゃない？
こんど旗つくっちゃおうかな、「NO MESSAGE」っていう。

「王様が死んだときに、家来も死んで墓に入る」
というのは「変わるもの」です。
いまの考え方でそれを批判するのはちがう。
しかし、それが「悲しいこと」であると感じる
人間のこころは「変わらないもの」です。
吉本隆明さんから、聞いたことです。

すごく逆説的な言い方なのですが、
兵器の優劣って、「根性の要らないものほど優れている」
ということなんだろうなぁ、と思いました。

信号待ちをしている交差点。
男、女、子ども、老人、
あの問題に賛成の人、反対の人、
よからぬことを考える人、ねぼけている人、
軽薄な人、がんこな人、いじわるな人……
こうしたぜんぶを、まるごと救えなきゃダメなんだ、と、
たぶん親鸞は思ったわけで。

「あらゆる人」を差別せずに破壊する災害があるように、
「あらゆる人」という勘定で救済を考える思想が昔からあった、
ということが、いいなぁと思ってるんです。

「公平」とか「平等」とかいうことについて、
「機縁」ということばで、説明した坊さんがいました。
ある命を救うことができた「縁」もあるし、
ある命を奪うことになった「縁」もある。
そのことを無責任だと言う人もいるかもしれませんが、
つまりそれは「できないことを追いかける」のではなく、
じぶんのその立場で目の前の「できることを、する」
ということじゃないのかなぁと、ぼくは思っています。

日本語の「かわいい」ということばが、
どんだけ大きな琵琶湖やねんということもさることながら、
英語の「ＢＡＢＹ」ということばの太平洋なみのでかさについても
感心せざるをえないよ、べぇべ。

これまでは、擬態というと「頭部がワニに似た虫」、「ユカタンビワハゴロモ」が好きだったのですが、「ムラサキシャチホコ」には、つくづくあきれました。

メダカの水槽の水をとりかえた。
こういうときに「あ、6匹いたのね」と気づくのです。
この半年くらい、ずっと6匹なんですけど、
別の6匹っていう可能性もあるかなぁ。

蝉はいま土のなかにいる。やつら、けっこう大人なんだぜ。

犬に、ぼくは用事があるわけではない。
犬と、なにか仕事をするということもない。
だけど、いっしょに暮らしている。
その、目的も意味も、どっちでもいい、なくてもいい。
そういう関係というのは、落ち着くね。

夢の国へ。

犬も、ですけれど、
おとうさんも、急に寝ます。
とくに京都にいるときには、
すぐに、ちょこっと夢の国に
遊びに出かけます。
これが「なによりの栄養」と、
うれしそうに言っています。
だから、犬も、栄養満点です。

にんげん。

「ブイちゃん、生まれかわったらさ、
犬になりたい？　人間になりたい？」
そういう質問をされました。
……犬は、犬がいいです。
犬のままで、おとうさんや、
人間のおかあさんと、
いっしょにいればいいと思います。

日暮れて、
「もう散歩に出てもいいころでしょう」と、
犬が近づいてきた。
ひざに飛び乗った。

はい。行きます行きます。

まつぼっくり。

まつぼっくりが、
いっぱい落ちていました。
「こんなにいっぱいだぞ」
と、おとうさんは言いますが、
犬には関係のないことです。

ふつう雨。

おとうさんが、窓から外を見て、
傘をさしてない人が多かったら、
散歩に出ることになります。
でも、傘をさしてない人がいても、
ざんざん降りということも、
よくあるんです。
今日は、ふつうの降りでした。
犬は、やや震えました。

犬がうとうとしていると、ひとつボールがあらわれた。
ぽんっ。ころころころころ。
眠いから、よくわからないのだけれど、
なんだか見おぼえのあるボールだ。
いまあそんでいるボールとはちがう。

ひとつだけボールがあらわれたわけではなかった。
次のボールが、ぽんっと出てきて、ころん。
またボールがころんころん。

そしてまたボールがぽんっころん。
いくつもいくつもボールが出てきて、
犬は、「これはなんだ」と思った。

お外であそぶかたいボール、やわらかいボール、
ふかふかした布のボール、ぴーぴー鳴るボール、
みょうなかたちのボール、かおのついたボール……。
いくつもいくつもあらわれては、ごろごろごろごろ。
お外であそぶボールがいちばんおおかった。

「ブイヨン、おぼえているだろう？
これはみんな、あなたがあそんだボールだよ」
どこからか声がした。
なくしちゃったり、こわしちゃったり、
べとべとになって捨てられたり、あきちゃったり、
そうしていまはないいくつものボールだった。

こんなにたくさんのボールと、あそんできたのかぁ。
これ、ぜんぶ？　ぜんぶだね。
どのボールも、よくみたらおぼえているもの。
犬は、たくさんのボールのなかを、かけまわった。
ごろごろごろごろ、いくつものボールがころがった。
犬は、もうすぐ、８歳になる。

〈『ブイヨンの気持ち（おはなし版）』より〉

世界で何番目の経済大国とかいってる日本は、
動物との関係においては、相当に遅れた国です。

動物保護団体のアークさんと、
動物愛護団体の
ランコントレ・ミグノンさんに
保護されている犬たち。
ブイヨンと向かい合っている
リュネットさんも元保護犬。

犬も、人間のこどもも、
「もしかしたら置き去りにされるのか?」という、
無意識の不安を、こころの水底に沈んだ小石みたいに、
抱えているのかもしれません。
胸に手をあてて考えたら、それは、
ぼくのこころのなかにもあったような気がする。
いや、いまだって、その小石、あるのかもしれない。

飼い主さん、おとうさん、おかあさん、
じぶんのことで「いっぱいいっぱい」という状況も、

人間ですから、あるとは思うんです。
でも、置き去りにしないでくださいね。
その約束を守ることは、
実は、じぶんのためでもあると思うんです。

人の弱さは、罪ではないと思います。
さらに、罪を責められる人間なんか、
ほんとはいないとも言えます。
それは、知ってる、わかってる。
だけど、ね、お願いします、犬や猫やこどものこと。

それにしても、犬は、いいです。
気がついたんです、また。

ぼくら家族に対して、
「その健やかなるときも、病めるときも、
喜びのときも、悲しみのときも、
富めるときも、貧しいときも、
これを愛し、これを敬い、これを慰め、

これを助け、その命ある限り、真心を尽くす」
やつだと思いませんか。

いまのって、結婚のときの誓いのことばですよ。
夫と妻がその誓いをどれほど守るかは知りませんが、
犬は、ごく自然にこの誓いのように生きてますよ。
犬、いいやつだなぁって、また思ったです。

糸井重里さま。

いつもありがとうございます。

ぶいちゃんがばうばう吠えて

花がおろおろくっついていく

あの風景は、

正直でよろしい！

と思います…

今日も明日も

みんな元気で。

笑顔で。

石田ゆり子より

ぶいちゃんのおとうさん

はなちゃんは、ぶいちゃんにいつも
「ほえられて」
ぼーるもとられました。

もしかしたら
きらわれてるかもしれない、
とおもいはじめていますが
ばあやは「だれもかれもに
好かれようとしてはいけません」
といいます。

ぶいちゃんに、すかれたい。

ぶいちゃんのおとうさんからも、
ちゅういしてください。

ごはんをたくさんたべてね。

はなちゃんより。

うるさくした。

「はなちゃん」っていうこが、
訪問してくるんだと言われました。
来ました来ました。
犬は、ばうばううるさく吠えたてて、
追い払おうとしたり、
無視をしたりしました。
そういう犬を見てて、
おとうさんは疲れたそうです。
がんばれ、おとうさん。

犬も、猫も、人間のように話さない。
人間のように考えない。
人間のようなほしがり方をしない。

だけれども、
犬や猫を家族としている人たちは、
犬のことを、猫のことを、
役立たずだとは考えないし、
劣ったやつだとも思わないだろう。

それどころか、
人間がうまくできていないことを、
犬や猫がじょうずにやってみせたりすると、
人は、犬や猫という家族を尊敬する。
人間よりも人間の理想に近いようなところを、
犬や猫が持っていることがある。

とくになにもできない犬や、

すばらしい意見を言うわけでもない猫を、
家族の人間たちは、愛することができる。

なにかができるから愛するわけではない。
人のことばをしゃべれない犬や猫を、
敬したり愛したりしているうちに、
なにかがじょうずにできることや、
ことばをうまくしゃべれることが、
いちばん大事なことじゃないかもしれないと、
気づくようになる。

犬を家族に迎え入れること、
猫といっしょに暮らすようになることは、
つまり、じぶんより弱いものの世話をしたり、
ただのいのちというものを愛したりする、
ということなのかもしれない。
ぼくは、そんなことを考えていて、
うちの犬は、その横で寝ている。

ごしんぱい。

おとうさんと、人間のおかあさんに、
お説教をされているのではありません。
ちょっと「おなかよわいこ」になって、
ふるえたりしていたので、
心配をされているところです。
しっぽをふって答えてます。

おもふ。

犬、思ふ。
ゆえに、犬在り。
吸いこんだ思ひでを、
少し吐き、また吸い。
あたりに漂わせ、
はなちょうちんのようにして、
たのしむ。

ぼくはもう、それなりに年をとって、
あんまり気をつかい過ぎないで生きられるので、
おいしいパン屋さんで、パンを買うことにしている。
もっと言えば、パン屋のパンがおいしいならば、
生き方や思想信条について正反対だったとしても、
ぼくはそのパン屋さんで、パンを買うだけのことだ。

「政治の悪を許さない。○△製パン。」だとかさ、
「被災地に大きな支援をしている、パンの○△。」だとか、
「神はあなたを見てます。○△パン店。」だとかね、
いくら言われたとしても、問題はパンなんだ。

ドラッカーは「何をもって社会に記憶されたいか？」
という言い方をしてたと思うけれど、
つまりそれは、あなたの「パン」を大事にしろ、だべ？
「あなた」や「あなたのチーム」が、社会から
「あったほうがいい」と言われる理由は、
なによりも「パンのおいしさ」にあるんだと思うんだ。

※（　）には、どんな擬音が入るでしょう？

いまの学校って、音楽の授業のとき、
ひとりずつ前に出て歌わせるのって、あるんだろうか。
先生が（　　　　　　　　　　　）と
オルガン弾いて、生徒は教科書の譜面みながら歌うの。

答え……ふんじゃっふんじゃっふんじゃっふんじゃっ

※なんの歌でしょう？

あんるいてぇもぉんあんるいてもぉこんぶんねんのよーぉおにぃん〜
わんたぁしはぁゆんれーへてぇゆんれんてん
はーなたんのんうぁでのぉなぁかぁ〜パッパパッパー

答え…………『ブルー・ライト・ヨコハマ』

ビールを語る人は、どうして、
あんなにもうれしそうなのだろうか。
ビールを飲んでいるときも、うれしそうだけれど、
ビールを飲みたいと言うときの、
ビール好きの人たちの表情は、
私の知るかぎりでは、
散歩を語る犬たちの表情に酷似している。
犬たちは、散歩を語ったりはしないのだけれどね。
そんなにビールはうまいのか、と言えば、
遠慮も謙虚もなく、うまいね、と返ってくる。

私もそれにつられて、少し飲んでみるのだが、
うまいのだろうな、と想像することしかできない。
ビールというものは、きっと、
私なぞが想像するうまさの万万倍もうまいのだ。
ビールさえあれば死んでもいいということばを、
私は耳にしたことがある。
ビールがなかったら死んじゃうと、
本気で叫ぶ人に会ったことだって、何度もある。
生命、いのちに関わるほど、ビールはうまいのだ。

ここをがんばったらビールが飲めるぞ、と、
自身を鼓舞している人がいる。
とりあえずビール、という言いかたは、
ビールは飲みものの殿堂入りをしているということだ。
他のものとは比べる必要がないものなのだ。

それほど、そこまで、
人をよろこばせるビールのうまさの秘密とは、
はたして奈辺に存在するのであろうか。
現代の科学で説明のつくものなのだろうか。

……というような文字を読んでいるだけで、
世のビール好きたちは、考えるのでも答えるのでもなく、
ビールが、飲みたくなっているのだ、きっと。

女より、男より、金より、権力より、
ほんとうに愛されているものとは、
ビールなのである。
21世紀のある日、そう結論づけた人間がここにいる。

わからなくなったら、口角をあげろ。

冒険的にスタートしても慎重に終われ。

『ばかをばかにするなの歌』

こっちがわの人にも言えるし、
そっちがわの人にも言えるし、
もちろん、じぶんにも言えるんだけどさぁ。

あんたが、ばかだと言ってる人は、
あんまりあんがいばかじゃない。

ばかには、これはわからない。
ばかが、まちがえたらたいへんだ。
わたしはわかるが、ばかがおおくてしんぱいだ。

いや、そうかな。

あんたが、ばかにしている人は、
じつはあんたより、ばかじゃない。

ばかなら、たぶん気づかない。
ばかは、なんにも考えちゃいない。
わたしはおかげで、ばかじゃなくって苦労している。

いやいやいや、そうかな。
あんたが、ばかだということは、
かくしたつもりで、ばれている。

あっちがわの人にも言えるし、
どっちがわの人にも言えるし、
もちろん、じぶんこそあやしいんだけどさぁ。

風を待つ　風を待つ（@miusakamoto）

風がつれてくる人を待つ（@itoi_shigesato）

旅は、じっとしているときでも、
いつもとちがう風に吹かれています。

ちょっともどって。

ブイちゃん元気ですか。
ブータンの空港に
着陸する直前の窓からの景色です。
こんな感じのところに、
おとうさんは来たんですよ。
あと……
ちゃんとごはんを食べなさいね。

あさおきると。

昨夜からの雨が、
すっかり上がっていて、
窓のそとは、こんなでした。
ブイちゃん元気ですか。

ブータンからです。
ホテルの図書室がネットにつながるので、
そこで夜中にひとりでこれを書いています。
夜には雨が降っていて、緑がきれいに洗われてます。
たしか標高２７００メートルだとかの高地なので、
そういえば空気がうすいような気がします。
九州くらいの広さの王国に、島根県の人口くらいの人々。
舗装された、いちばんいい道を走っていて、
クルマがブレーキかけて避けているのは、牛でした。

昨日は、海外からの観光客はほとんど行かない、
山のてっぺんにある少年僧院のお祭りに行ってきました。
少年僧が踊り、地元の人たちが見守る。
そんな山のてっぺんのお祭り。

夜中に霧雨が降っていたようです。
いまは曇り空。
でも樹木も草もわたくしも、
おだやかによろこんでいるブータンの朝です。

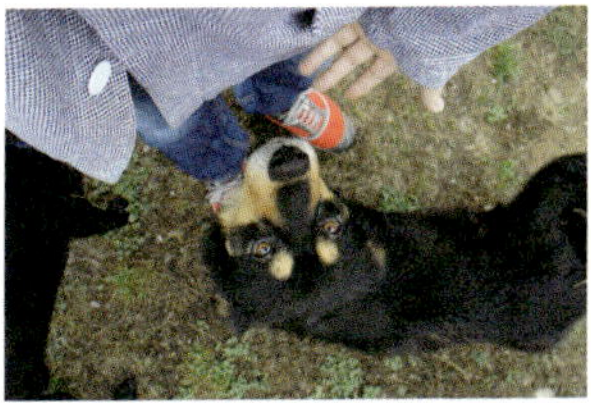

ブータン料理というものがどういうものか、
うまく説明はできないのですが、
いままで食事はぜんぶおいしかったです。
唐辛子を香辛料としてではなく、
野菜としてばくばく食べるんですよね。
ぼくには無理ですが、
お好きな人にはたまらないんでしょうね。

「ことばの根や幹にあたる部分が、
もっとも大事なのであって、
枝や葉、花や実がなくても、
根さえあれば、そのことばは生きている。
そして、ことばの根にあたるものとは、沈黙である。」
吉本隆明さんの『芸術言語論』を、
ぼくなりに短くして言えば、そういうことになります。

ブータンの小学校に、併設されている
「ろう学級」の美術の授業を、
ぼくらは見学させていただきました。

先生が話す、手話で伝える。
子どもたちはそれを目で受けとめて、
考えたり、答えたりする。
よく見ていると、ひとりの子どもがあてられて、
手話をつかって何かを答えているとき、
他の何人かの子どもたちが、
なにか言いたげに、先生や、答えている子どもに向けて、
手話で何ごとかを伝えているのです。

言いたいことがある。
だから、それを手をつかって表現する。
その手を、相手が見ていなければ、
ことばは伝わらないのだけれど、子どもは話す。
たぶん、相手の目にとまらず伝わらなかったことは、
毎日毎時間、数知れずあるのだと思います。

音のない教室で、沈黙が腕や手からあふれ出して、
にぎやかなおしゃべりが続いている。
そんなふうにも見える美術の授業でした。
そこには、ことばの、根がたしかにあった。
そして、ことばで人に関わるということは、
うれしくてしょうがないことなんですね。

ことばをつかうということが、
あたりまえのようになってしまっているぼくらに、
「ことばの根っこ」というものの現物を、
見せてもらったような気がして、
ぼくは落雷を受けたようになってしまいました。

しんきんかん。

ブイちゃんにも、見せてあげよう。
ブータンでのことだった。
おとうさんたちは、
町に、じぶんに似た人を
見つけようとしていたんだ。
なかなか、そういう人もいなくてさ。
ただね、この壁の絵のおさるは、
「おれかもしれない」と、思ったね。
日本では、少々問題アリだけどね。

らいぶらりー。

ふたりのモデル。
ブータンファッションを着こなす。
コメントを付けようにも
……そういう気にさせない。
緊張感のあるすばらしい写真
……であるはずもなし。
また、『黄昏』やりたいなぁ。

Royal Bhutan Airlines
Drukair

水泳というより、水のあるところで遊ぶのが、
楽しくてしょうがなかったのだと思う。
長い時間水に浸かっていて、身体が冷たくなると、
熱くなったコンクリートに横たわって暖めた。
小学校のプールは、ユートピアだった。

夏の出口あたりで半べそかいてうろうろしてる
さみしがりやの小学生たちに、言ってやりたい。
もっと味わえ、そのさみしさを。
どうにもならない無力感やら、孤独やらと、
よくかきまぜて、時間をかけて味わいたまえ。
そのさみしさを、噛みしめて、忘れないでいてくれ。
それは、うまく言えないけれど、
なにかとても必要な「思い出」なんだぞ。

男の子にとって、父親というのは、
なかなか複雑におもしろい存在です。
さかさまから見れば、
男の子どもというのも、父親にとって、
ずいぶんややこしいものだとも言えそうです。

ぼくは父親のことを、実はけっこう好きでした。
ただ、ずっと、そのことを知りませんでした。
じぶんが父親のことを、けっこう好きだと知ったのは、
ずいぶん年をとってからのことです。

人間というのは、みんなもれなく不完全なもので、

しょうもないところも含めてその人なんだ。
そういうふうなことがわかってから、
いろんなものごとを好きになっていくわけです。
父親も、そういういろんなものごとのひとつなのかな。

もう少しね、父が生きているうちに、
あれこれ、話したりしておけばよかったなぁ。
ま、そんなことも、いないから言えるんですけどね。

……なんで、そんなことを考えはじめたんだろう。
夏の終わりで、少し肌寒い夜だったりするからかな。

人生ぜんぶを、夏休みのようにも喩えられます。
これを読んでくれている人が、何歳か知りませんが、
ぼくには、ちょっとだけ吹く風の
秋めいた冷たさが感じられます。
ずっと夏じゃないよ、ということを知ってしまいました。
でもね、秋や冬をよろこぶということも、
もうちょっとしたら覚えられるかもしれない。
このあたりの感覚を持ったことも、
なかなかいいものだと思っちゃいるのです。

「少年」という店は、いつか閉店せざるを得なくなるものだ。
だけど、裏口はずっと開けっぱなしでさ。

もうすぐ。
8月がおわります。
わざわざ言うことでもないのですが、
わざわざ言いたい気持ちもあるのです。
暑い暑いと文句を言ってたのに、
別れが近づくと……ねぇ。

肩にとまる。

海賊の船長の肩には、
鸚鵡がとまっていますよね。
鸚鵡という字は難しいですね。
薔薇は書けても鸚鵡は書けぬ。
それはそうと、犬が、
おとうさんの肩に、
とまってるみたいに、見えない？

スティーブ・ジョブズは、
彼のやってきた大きなおもしろいことの、
「とても大事な一部分」だったと考えたいのです。
どれだけ独善的であろうが万能であろうが、
まるごとじゃなくて、「とても大事な一部分」なんです。
彼の考えや、彼の意志、彼の表現がなくなったら、
「まるごと」がばらばらになるかもしれません。
それほど「とても大事な一部分」だったかもしれない。
でも、だからこそ、「アップル」の残った人々が、
どう彼の意志を継ぎ、どう生きていくのかのほうにこそ、
ぼくの大きな興味があるんですよね。
ジョブズ自身も、それを見つめているような気がします。

中学生になったばかりのころじゃ……。
ある日、塾の先生に借りた『どくとるマンボウ昆虫記』という本が、
おもしろくておもしろくて、寝るのを中止して読んでしまったよ。
それがわしの「本を読むっておもしろい」初体験じゃった。
北杜夫さんのご冥福を祈ります。さよならバイバイよ。

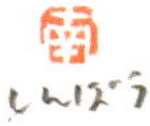

世界から、じぶんが消えたら、
世界には、じぶんのかたちの穴が空く。

じぶんのかたちの穴は、じつは、
じぶんが消える前から、そこにあって、
じぶんといっしょに動いていたのだった。

もう、じぶんのかたちの穴のことも、
じぶんと言ってもさしつかえないのかもしれない。
ぼくがいても、消えても、ぼくのかたちの穴はある。

世界はその穴を含んでいるし、
その穴があるからこその世界なのだ。
つまり、ぼくと世界はひとつのものだ。
ぼくがいようが、いるまいが。

だから、気配というものがわかるのだ。
世界というひとつのものの一部として、
なにがどうなろうとしているのかを、
ぼくらは感じられるのだ。

あらゆるものごとが「やりかけ」だけれど、
「いつかちゃんとしますから」というふうな顔して生きてるわけです。
でも、それは「ありえない」ね。
かならず「やりかけ」で人の一生は終わるようになっている。
それが自然ってものだ。

誰かが死ぬと「かたちのよいことば」が、
あらゆる人の口から出てくる。
死んだ人について語るのは、ほんとうに難しい。
くちごたえできない者のことだから、
死者にわるいことを言っては不公平になりそうだ。
だけど……死んだ人だって、間違いは間違いだ。
亡くなったらみんな仏さまかもしれないけれど、
生きてるときに嫌いだった人を、
死んだからといって好きになることもなかろう。
喧嘩しながら、敬愛していることだってある。
ぼくは、そう思っていたから、
葬儀などの、美化することが常識の場面で、
なにか言うのは、苦手だった。

まとめよう、「おれが死んでも、美化はよせ」。
仏さまに格上げするのは、死者として不本意だぜ。

死んでしまうということは、
なんとも、さみしいものだなぁ。

これほどさみしいということを、
ぼくらはうすうす知っているものだから、
死んだりしたくないと、強く思う。
それでも、人はかならず死ぬようにできている。
なんとも、さみしいものだなぁ。
さみしくないところを探すとしたら、
誰でも、かならず、というところなのかもしれない。

それでも、なんとも、さみしいものだなぁ。
力を持っていても、お金を持っていても、
そのさみしさは同じなのだ。
それもまた、なかなかさみしい。
人の気持ちの、ひとつだけの基本は
「さみしい」なのだろうと思う。

じぶんで、どうにもならない悲しいこととかあるときは、
こどもの寝顔とか、ちょっとあほな犬のようすとか、
じっと見てるといいよね。

じぶんがカッパだとしたらさ、
川のほとりにしゃがみこんで、
なにを待つと思う？

カッパだよ。
じぶん以外のカッパを待つと思うよ、
さみしいからね。

他の果実たちには、
ないしょにしておいてほしいのですが、
ぼくのジャムづくり生活は、
実は「あんず」のためにあると言っても過言ではありません。
甘くて、酸っぱくて、なんとあんずの香りまでするんですよ。
トーストに塗るときには、
バターとダブルにしたほうがうまいと思います。

ジャムをつくることもそうなんだけど、
こつこつやってれば、必ず結果がついてくることって、
あたまもからだも、こころも納得するんだよね。
なんだか肯定的な気分になれるんですよ。
ネットに張り付いてくよくよしてる人、ジャム煮れば？

女性の下着の呼び方は、
その呼び方が馴染まれて日常化しすぎると
「ありふれたつまらないもの」
に思われてくるので（おばさん化）、
時々「改名」させて、「ありがたいステキなもの」に戻す。

「おい、みんな。
しょこたんくらい好奇心を持って、
しょこたんくらい努力して、
しょこたんくらい楽しんで、
しょこたんくらい堂々とやれよ」
って朝礼で言う社長、いないかな。
なんなら、おれ言ってもいいけど。

ほとんどの「人に見られる仕事」してる人は、恥ずかしがりだよ。
ただ、それは自慢にならないって思ってがんばったんだ。

『おごりんぼ』ってマンガ、あってもいいかも。
すっごくおごるの。「うなぎ、行こう。」みたいにさ。

しかし、よくよく、
さらによくよく考えてみてください。

Think. Think hard. Then think harder.

仕事の合間が世界を創る。

Away from work is where the world gets made.

整理しきれない思いや考えは、
未来のじぶんの素になる。

Thoughts and ideas you can't process
are the ingredients of the future you.

only ≠ lonely とてもよく似てるけどね。

only ≠ lonely
They just sound alike.

Think.
Think hard.
Then think harder.

WORKD
AWAY FROM WORK
IS WHERE THE WORLD
GETS MADE.

Thoughts and
ideas you can't
process are
the INGREDIENTS
of THE future you.

Only lOnely
only≠lonely
They just sound alike.

道で会う犬、みんなかわいい。

Every dog is cute when you meet it on the street.

I ♥ INU
Every dog is cute
when you meet
it on the street.

かつて、谷川俊太郎さんはラジオの番組で
「谷川さん、孤独なんですか?」と訊かれて、
「だって、孤独は前提でしょ」と言いましたっけ。

さいん。

ブイちゃん、元気ですか。
おとうさんは、とっとりです。
島根じゃないよ鳥取だよ、
でおなじみのとっとりです。
このあと、ごはんです。
ブイちゃんは、もう食べた？

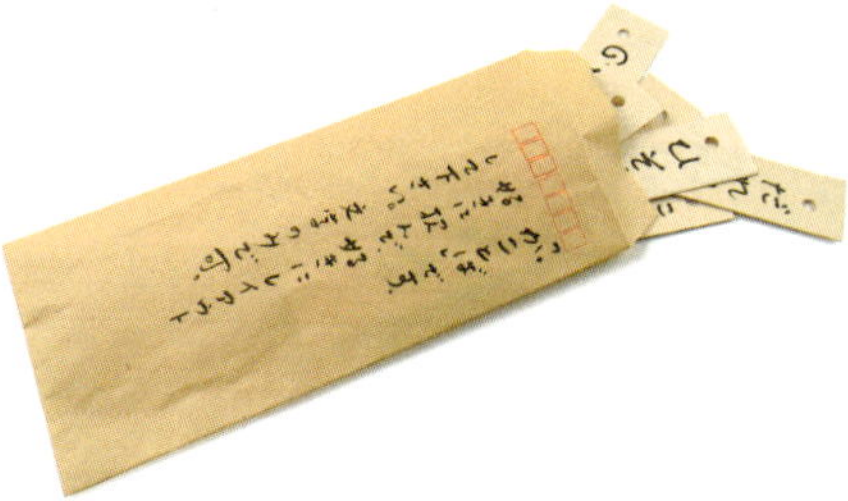

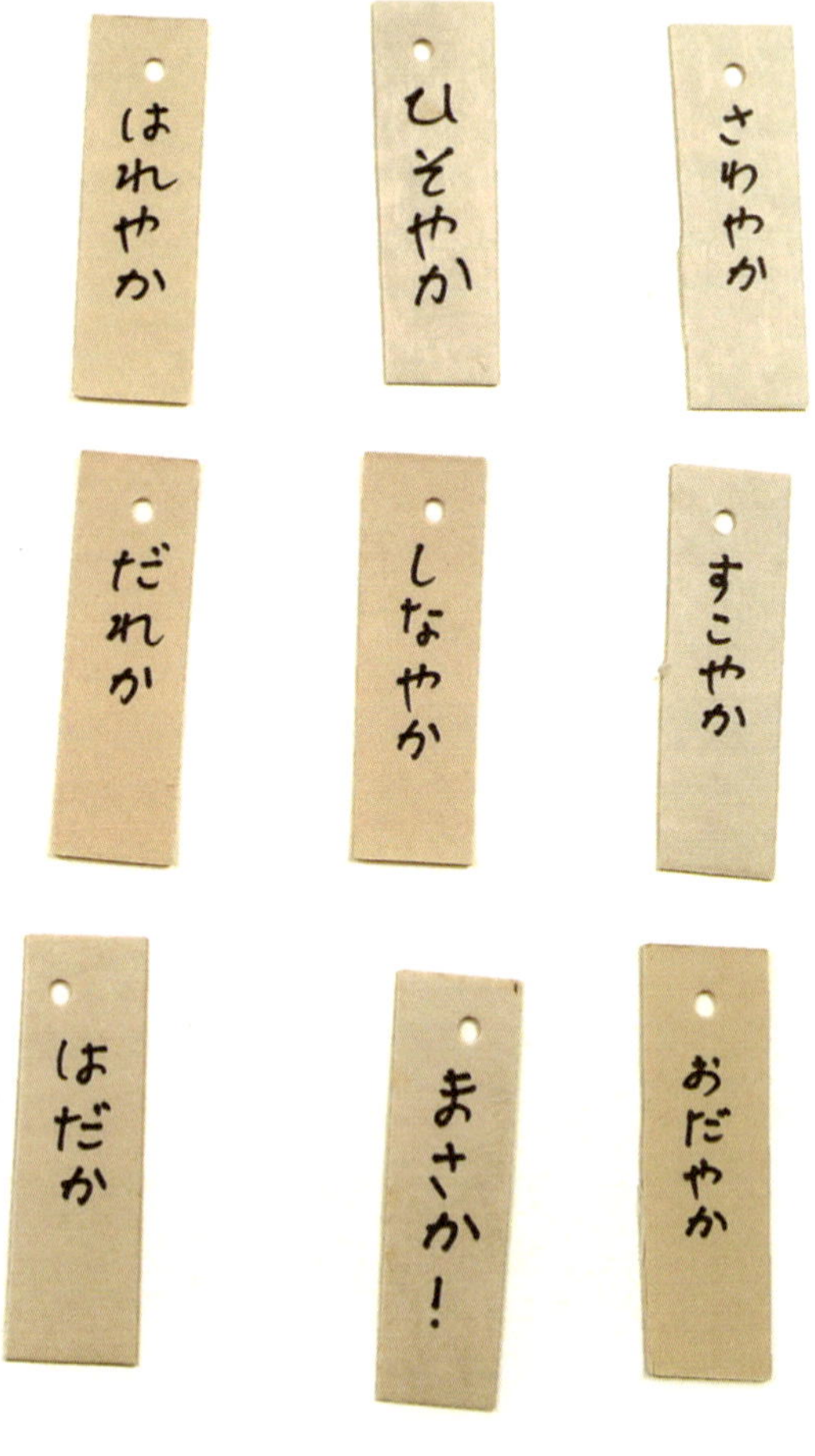
さわやか
ひそやか
はれやか
すこやか
しなやか
だれか
おだやか
まさか!
はだか

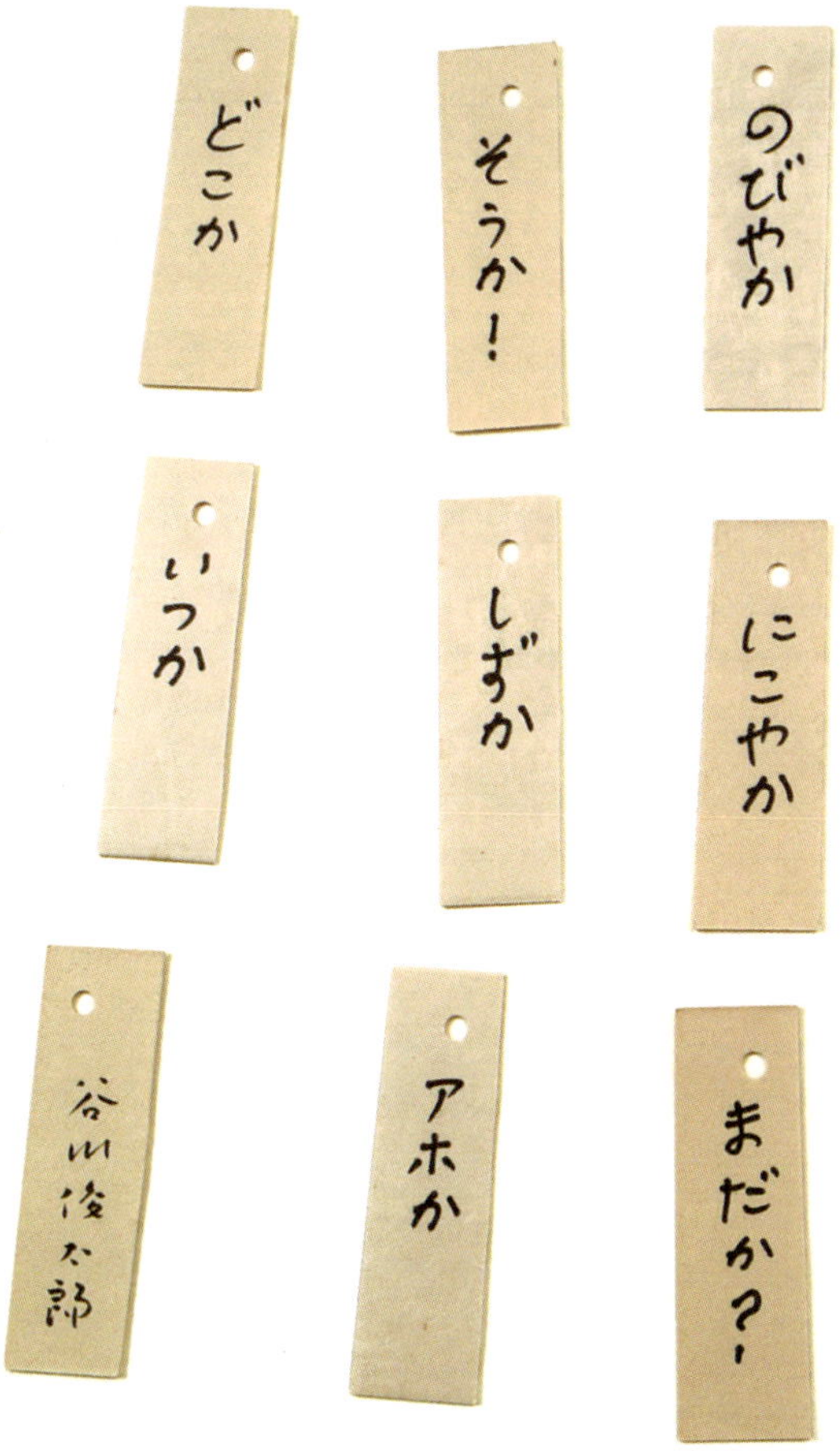

谷川俊太郎　作　「かことば」

いつか
はれやか
ひそやか
しずか
だれか
にこやか
おだやか
どこか

のびやか　だれか
すこやか　だれか
しなやか　だれか
ひそやか　だれか

いつか　いつか　いつか　おだやか

ひそやか　ひそやか　ひそやか　ひそやか　ひそやか　ひそやか　ひそやか　そうか！

にこやかさわやか　アホか
おだやかしずか　いつか
のびやかすこやか　はだか

「はだか　まだか？」
「アホか」

いつか　どこか　おだやか
いつか　どこか　はれやか
いつか　どこか　しずか
いつか　どこか　まさか！
いつか　どこか　おだやか

まさか！　谷川俊太郎　はだか

いけ。

ブイちゃん、こんどはね、
公園の池の水面に映る
東京スカイツリーです。
水鳥がやってきて、
波紋でツリーをゆらゆらさせます。
お花見のころには、
また別のいい景色になってるだろうな。

2011/03/11 00:28

だいじょうぶ。

おとうさんと、人間のおかあさんとが、
それぞれの仕事に出かけているときに、
地震がありました。
犬はひとりで怖かったのですが、
人間のベッドの下に潜っていました。
いまは、もうすっかり大丈夫です。

2011/03/11 22:11

いつまでも忘れられないような一日が終わり、
翌日がやってきています。

闇の深さではなく、光の明るさを数えようと思います。
お見舞いの気持ちと、哀悼の気持ちを持ちながら、
光の見える方向で、できることはあります。

東京は、地震の影響、かなり少ないほうだと思います。
ただ、あの時の異常な感覚を味わったぼくらは、
最悪の被害について「じぶんだったかもしれない」
というふうにも思えるのです。
けっしてうれしい共感ではないけれど、
そこを基本的な出発点にして、なにができるかを、
組み立てていこうと思います。

まず、現地で救援している人たちの役に立つことです。

ここではオリジナリティなんか不要です。

「助け」の助けになることを、しようと思います。

深い悲しみや恐怖や、強い刺激に、
人間のこころは、とらわれやすいんですよね。
ほっとくと、暗いところばかりに目が行くし、
そのほうが、ちゃんとしているような気になりやすい。
だけど、洞窟の闇のなかにいようが、
射してくる光を見つけないと脱出できない。
その光の穴から、空気も、希望も出入りするんです。

被災地の方々もそれ以外の方々も、よく寝られますように。

「どちらの判断も尊い」と思うことに決めました。
「右往左往」してなんにもならないよりは、
反対側のリスクを覚悟して「右往」のみに決める。
そういうふうに判断していきます。
行けなかった反対側が少数になるのか、
多数になるのかもわからないのですが、
「判断をしない」のがいちばんよくないのです。

どっちの道も選択できるし、
どっちの道を選んでも、正解とは言い切れません。
しかし、どっちにするか悩んでるままではいられない。

「どちらの判断も尊い」、真剣に考えたのなら、
思い切って右にでも、左にでも進めばいいと思います。
あとで、結果だけを見て、
「そらみたことか」とか「ああすればよかった」とか、
言われることだってあるでしょう。
でも、信じて「右往」しましょう。
じぶんを小さなリーダーとして、判断しましょうよ。
「どちらの判断も尊い」、選んだ道の幸福を祈ります。

あったかいベッドで眠れる人は、寝たらいいだけです。
ビールも飲めるなら飲めばよいではないか。
節電は、節電できるところですればいいだけです。
「寒い避難所に思いをはせて、
そこと同じ寒さで暮らします」なんてところまで、
やっている人がいたら、とめますよ、ぼくは。

なんにつけても素人のぼくが、
「光の射す方向を見よう」と言い続けているのは、
他に方法があると思えないからです。

知っています。
まだできてないことが、たくさんあることも。
掌を合わせて祈るしかできないことがあることも。

たとえようもない悲しさは、
少しずつ増えていくよろこびと、
隣り合わせにあったりもするので、
ことばにできることは少なくなります。

しかし、ものごとはやはり明るいほうに向かって、
力強く進んでいることはたしかです。
通れる道が増えていきます。
そこに通うクルマが、人や荷物を運んでいきます。
線路の点検ができてきたら鉄道も息を吹きかえします。
瓦礫が片づけられていく、ストーブに火が灯る。
出番を待っていたエネルギーが、集まりだす。
まだまだだとは思うんです。
思うんですけれど、やっぱり、進んでいるんです。

「なんでもない日」が貴重すぎるのは、ぼくらも困ります。

あなたという人の考えは、
あなたという「リーダー」が決めるものです。
つまり、誰がなんと言おうが、
あなたは手錠をかけられて
無理やりにそれに従わせられるわけではない。
誰かのせいにしてる人も、誰かを責めてばかりいる人も、
その人というリーダーの資質なのです。

ぼくの「判断」では、東京は「元気」です。

「不安」の中毒というものがあるんじゃないでしょうか。
なにかを「不安」に感じるというのは、
誰にでもあるふつうのことです。
しかし、「不安」が解消されないままに、
そいつに居つかれてしまうと、
「不安」は、さらにそこに居座ろうとしはじめます。
つまり「不安」があることでバランスをとっている。
そういう状態になっているわけです。
だから、なまじの理由ごときで、
「不安」を軽くしようなんてこと、
したくないってことになっちゃうんですよね。
「不安」を取り込むことで安定していた「じぶん」が、
いったん不安定になっちゃいますからね。
「じぶん」としては、
「不安」をなくしたいと願ってるはずなんですよ。
でも、「不安」は、「不安」のなかまを呼ぶんです。
いつのまにか、「不安」から逃げられなくなってしまう。
その黒幕は、こころのなかの「不安」です。

泣いたり騒いだり鐘を鳴らしたりの音が、
あちこちから、ひっきりなしに聞えてきますが、
こころの内側で深く泣いている人のことを、
すこし想像しましょう。

もうね、ほんとに毎日毎晩、
朝の祈り、夕の祈りのようにくりかえしてないと、
ほんとにあぶねぇなぁと思いますよ。
「いいことをしているときには、
わるいことをしているくらいに思ってて、
ちょうどいいんだよ」
これ、ほんとに言い続けてないと足を取られます。

声をかけるときは、「ダメもと」だと思いながら。
お礼を言われたら、「しまった」と思うくらいに。
文句を言われたら、「やっぱり」と思いましょう。
……「わるいこと」だと思えば、こうなります。
これくらいで、ほんとにちょうどいいはずです。

ぼくは、じぶんが参考にする意見としては、
「よりスキャンダラスでないほう」を選びます。
「より脅かしてないほう」を選びます。
「より正義を語らないほう」を選びます。
「より失礼でないほう」を選びます。
そして「よりユーモアのあるほう」を選びます。

だれにでも通じることばというものを、ぼくは持っていない。
通じるひとに通じさせるようにするのが、せいいっぱいだ。

「正義」や「善」を声高に言うときというのは、
「正義」やら「善」やらという名の錦の袈裟衣を着て見せないと、
じぶんに何かが足りないからなんだ。

ぼくのことばも、
ことさらに「人の役に立とう」と思わないように
気をつけながら使っていこうと思います。

「みんな」が、どうしているか？
そればっかりを考えて終わっちゃう一生もありそうです。
赤信号を渡るのも、なにか大きな買い物をするのも、
「みんな」がやっていることなら、いっしょにやる。
じぶんでは「こうしたい」と思うことがあっても、
「みんな」が賛成してくれなさそうなので、あきらめる。
こんな文を書いているぼく自身だって、
「みんな」がどう思っているか、考えてばかりいます。

「みんな」を考えたり、「みんな」を感じていることは、
なんとなくの「安心」につながるかもしれません。
ただ、「みんな」の元になるのは、
ほんとうは「わたし」のはずです。
何人もの「わたし」の考えや思いがあって、
それらの総合として「みんな」があるはずなのですが、

知らないうちに、「みんな」が先にあって、
「みんなの考えを知ったら、それに従う」
というようなことになりやすいんですよね。
つまり、じぶんの頭が動き出す前に、
「みんな」の考えを探ることばかりしてしまう。
そして、「わたし」のひとりもいない「みんな」が、
正体不明のまま、ものごとを動かしていくわけです。

いまごろですが、また言っておこうと思います、
じぶんのためにも、しつこくね。
「じぶんのリーダーは、じぶんです」
他の人の意見を聞くことはあっても、
誰かが無理に決めてしまうなんてことはない。
どういう判断でも、じぶんのうなずきがあって決まります。
「みんな」なんて偉大な親分は、いないのです。

道をつくる人は道をつくり、ものを運ぶ人はものを運び、
花を咲かす人は花を咲かせ、踊り子は踊る。
そうでないと、職をなくした職人やら、船を失った漁師やら、
田畑を失った農家やらの手助けにならない。
嘆くことも怒ることもいいけど、
仕事をちゃんとしようよ、とにかく。

まずは、拍手すればいいと思うんです。
力を発揮する場所を見つけた人たちに向けて。

いちど、この問題については黙ります。

淋しい刺身。
軽い明るい。
孫の玉子。
楽しいのしイカ。
路傍の泥棒。

〔動物たちの格言シリーズ1〕

唇から涎が垂れるほどよく噛め。
そして、すべての胃を使って消化するんだ。それが命の営みだ。（牛）

〔動物たちの格言シリーズ2〕

縞だ。獅子共とのいちばんの違いは、縞だ。憶えておけ。（虎）

〔動物たちの格言シリーズ3〕

人間を怖れ過ぎないようにね。
彼らはあなたを食べることはありません。（金魚）

〔動物たちの格言シリーズ4〕

掘らずば死。（プレーリードッグ）

〔動物たちの格言シリーズ5〕

如何なる状況にあろうとも、人間とは上手くやるんだ。（犬）

〔動物たちの格言シリーズ6〕

へんなものなら、食うな。おまえの望みは何でも叶うのだから。（からす）

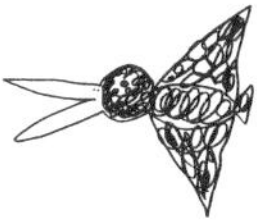

〔動物たちの格言シリーズ7〕

面に小便をかけられても平気でいるべし。（かえる）

〔動物たちの格言シリーズ８〕

愛嬌に頼るは下の下なり。抱かれるは中。触れさせず見つめさせるを上とする。（ねこ）

〔動物たちの格言シリーズ９〕

おれたちは、きほんてきに年をとらないどうぶつなんだよ。（ぶた）

〔動物たちの格言シリーズ10〕

誰にも見られてないと思うなかれ。（ぞうりむし）

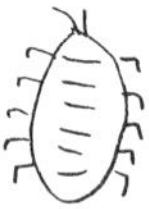

〔動物たちの格言シリーズ11〕

なるべくでいいから、すけべっぽい顔はするな。（うさぎ）

〔動物たちの格言シリーズ12〕

餌だけを探せ、覗きはするな。（ねずみ）

〔動物たちの格言シリーズ13〕

われわれもがまんしよう。（いんきんたむし）

いま、秘密の作詞家をやってましたので、無口でした。
とてもよくできました。夜になったら作曲家に送ります。
ごきげんです。

あんぱさんのうえから。
ブイちゃん、元気ですか。
おとうさんたちは、また、
気仙沼に来ています。
「アッコちゃん」も来てます。
なにをやろうか、下見です。

命があると、いろんなことが
できるってこと、
今、命を持っていない人たちから
教えてもらった。
いいもんだね、命って。
順子

前向きとか、後ろ向きとか関係ないんです。
「慰め」ってものが、あるし、それは必要な栄養です。
泣いている子どもが、親に抱かれて
背中をぽんぽんとリズミカルに叩かれる。
たぶん、それが「慰め」の原点なんじゃないかな。
踊ったり、スポーツやゲームで遊ぶ、おもしろい顔をする、
おはなしを聞く、歌を歌う、おいしいものを食べる。
震災のいちばん厳しい場所にいる人にも、
そこから遠く離れている人にも、
「慰め」ってやつの出番が来ているんじゃないかなぁ。

できることが見えにくいときに、

ふと、ぼくらのような信じる心のうすいものでも、

「祈る」という方法を思い出します。

「祈る」が変えてくれるものは少ないかもしれないし、

もしかしたら「祈る」より先にすることはある、と、

叱られてしまうのかもしれませんが、

「祈る」ことはやっぱりするべきだと思うのです。

ぜんぶを解決する魔法の方程式みたいなものは、
おそらく、ないのだと思います。
「これはできた」「ここはわかった」「これだけ進んだ」
というような、みんなの手探りの経験の総和が、
ぼくらの手に入れた財産であり、材料だと思います。

人を思いやること、なにかを望むこと。
かたちにはならないけれど、信じていること。
「見えないもの」を信じることは、
「見えるもの」の行き詰まりを突破するための、
大きな希望でもあります。
「見えないもの」の大きさを、
いちばん感じているのが、いまの時代に、
復興に立ち上がっている人たちだと思います。

悲しみを胸に抱えたままで、仕事をするのはむつかしい。
四六時中祈りながら、日常を取り戻すのもむつかしい。
生きて暮らしていくことって、力仕事です。
そうそう簡単なものじゃないわけで、
泣いたり鼻水をすすりながらじゃ、力は出せません。

だから、昔の人は、祈りと生活を、
いったん切り離して、くっつけたんですね。

つまり、しっかり祈る、悲しむなら悲しむ。
そして、日常の時間にもどって元気で暮らす。
そしてまた、しっかり祈る。
さらにまた、なにごともないかのように強く生きる。
「祈りの時間」を、まとめたんです。
いつもいつも祈りながら、じゃなくてね。

死者にも居心地のいい世界が、
生者にとっても生きやすい世界なんだと思うんです。
どんな人でも、つまり、ぼくも、あなたも……。
おかあさんでも、おじいさんでも、赤ちゃんでも、
かならずいつかは死ぬわけです。
「死んだ人のことはどうでもいい」世界だったら、
やがて行く先が断崖絶壁ということになっちゃう。
生者は、やがて死者としてじぶんの行く先を、
ただの闇にしてはならないと考えるようになりました。
生者と死者が、つながっていて、たがいを思いやる。
それは、きっと優しい社会なんじゃないかなぁ。

豆腐屋さんは、豆腐をつくっています。
こういうことになっちゃって、この先、豆腐はどうなるんだろうなんてことも考えつつ、
おそらく豆腐をつくっていると思うんです。
小学校一年生の担任になった先生は、
ぴよぴよひよこみたいな新入生たちの名簿など見ながら、
これから過ごす一年について考えているでしょう。
そういうものだと思います。

ぼくらは仕事をして生きていくことをやめられません。

「世の中がお坊さんばかりになったら、誰がスクーターをつくるんだっちゅうの」です。

ボランティアのはじっこに連なるにしても、
寄付をがんばるにしても、じぶんの足でしっかり立ててないとね。

だから、これまで以上に、仕事のことは考えています。

「あんたらがいて、よかったわ」と言われるチームに、ますますなっていきたいものです。

たぶんですけれど、被災地でも恋をしています。
よくできたラブソングを、じぶんのこととして聴いている人、
歌っている人がいます。
「いいぞ」と、思います。
どんなときでも、好きだとか、愛しているとかは、止められるもんか、です。

どんな災害があろうと、ラブソングは流れてます。
戦国時代だって、勤王か佐幕かの時代だって、
たがいを見つめあって胸を高鳴らせている人たちはいた。
だから、いまのぼくらがいるわけですからね。
「いいぞいいぞ！」です、「ひゅーひゅー」です。

いまみたいなときに、ラブソングをつくりたいものです。
いや、ぼくがつくらなくても、誰かつくるでしょうが、
なんかね、ものすごくでかい悲しみやら、
どうしょうもないやりきれなさの反対側の狭いところに、
へっちゃらで立てるようなラブソングが、
つくってみたいし、歌いたいものです。

厳しい状況で、どうして微笑んでいる人がいるのか。
ぼくは、たくさんの「そういう人」を見てきました。
恐怖にしても悲しみにしても、
感じてないはずはないのに、落ち着いて微笑んでいる。

そういう人は、ぼくが思うには、たぶん、
「そういう人でありたい」と思っているから、
そういう人でいられるのだと思うんです。

だいたいのふつうの人は、
「そういう人でありたい」と思ってないんです。
とても自然に悲しんだり怖がったりしているだけで、

どういう場面で、どういう人間でありたいかなんてこと、
考えないでふるまっているのだと思うんです。
おそらく、ちがいは、それじゃないかなぁ。

今年は、震災があったせいで、
とくにたくさんの「そういう人」に会えたと思います。
男性もいるし、女性もいる。老人も、若い人もいます。
実際に、「そういう人」はちゃんといる。
そういう人のことを、いいなぁと見ていると、
じぶんもだんだん「そういう人」に近づけるかもです。
「そういう人でありたい」と思うもの、やっぱり。

愛国心というようなものとは、
どうやらちがうのだと思うけれど、
あの震災の日から、少しずつだけど、
ぼくは「ホーム」としてのこの国のことを、
いままでよりもずいぶんと、
好きになっているような気がします。

傷んでいるところなら、直したい。
欠点も多いのかもしれないけれど、
それも含めて、「ホーム」なんだからしょうがない。
「ここ」を、好きになることで、
他の土地のこと、よその人のことも、
さらに好きになれるような気がします。

「ホーム」のために、旅をしよう。
ぼくの帰れる家は、たしかに「ここ」にあるのだから。

近所に住んでいるものだから、
よく道でばったりピーコさんに会います。
「あら、げんきー?」みたいなことを言いあって、
それぞれの方向に分かれます。
たいてい、ぼくのほうは犬の散歩中です。
昨日は、いつものあいさつのあとで、
「あなたは、犬がいていいわね」と言われました。
うん。たしかにそうだ。
心配やら、余計にやらなきゃいけないこともあるけれど、
犬だとか、じぶんじゃないもののことを、
真剣に考えているっていうのは、人を強くするものです。
母は強しっていうけれど、そういうことだと思います。
「とくに、こういうわがままな犬は、ね」とも言われて、
そうだね、と笑いながら応えました。

被災地は被災地として孤立しているように思えるとき、
ほんとうにつらい気持ちになるんだと知りました。
「もちろん忘れてないよ」と、不断に、
表現し続けることが、とても大事なことなんですね。

被災地の人たちは、「忘れられない」ために、
どうしたらいいいかを真剣に考えているようです。
でも、人は、自然に忘れていく生き物です。
「忘れない」ことそのものを目的にするのではなく、
現地と、手を差し出す側にいる人たちが、
「いっしょにやること」をつくればいいのではないか？
つまり「組んでやること」を考えるんです。

あれほど大きな痛みがあったけれど、
よいにつけわるいにつけ、人間のこころというものは、
徐々に忘れてしまうのだろうと、想像していたのです。
春のころに会った被災地の人も、
「忘れられてしまうのが、いちばん怖い」と、
真剣に言っていました。

でも、そんなことはないと思えてきた。
そんなに簡単に「忘れる」ものじゃないです。
じぶんがどれほど薄情だとしても、
「忘れる」までには、ずいぶん苦労がありそうですよ。

だから、「忘れないようにしよう」などと、
気にしすぎないようにしようと思いました。
「忘れてもいい」部分は、忘れます。
そして、「忘れちゃいけない」ところは、
「忘れられるもんじゃない」と、
じぶんたちを信じていいんじゃないかと思えてきました。
「忘れる」ことを怖れないようにしよう。

「忘れてないよ」のいちばんの表現は「会う」だよねー。

ちかづいた。

ブイちゃん、元気ですか。
ブイちゃんも知ってると思うけど、
「気仙沼のほぼ日」が、
もうじきはじまります。
いつか、ブイちゃんも、
来られるといいね。

せんろ。

ブイちゃん元気ですか。
おとうさんは、
気仙沼の人たちに案内されて、
いろいろのところを見学しました。
この線路は、あっちにも、
こっちにもつながってないんです。
不思議な気持ちになりました。

気仙沼の空はとても澄んでいるんです。
真っ暗な空に、出来立てのように見える星が置かれてて、
ひとつお土産にしたいと思うくらいでした。
星が見えているのに、雪が降りだしました。
ずいぶん風の冷たい日でしたが、
やっぱりもう本番の冬が来ているんだなと思いました。

気仙沼の人の口から出たことばです。
「楽しむときは楽しめばいいし、
思い出すときは思い出せばいいんだよ」
これは、おそらく、どこにいる、
どういう立場の人にも言えることでしょう。
楽しむときには、楽しむ。
思い出すときには、思い出す。
みんなで、そう思ってないと、
のびのびとした力を発揮できませんものね。

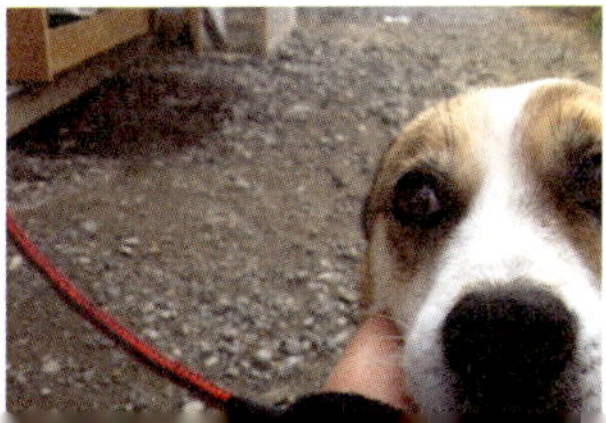

気仙沼でぼくらが会う女性たちは、ほんとうに魅力的だ。
漁師町の女性は、長い留守を預かるから、
じぶん自身で決断せねばならないことが、とても多くなるという。
そのせいで、「判断」することになれているのだという。
そういう土地で育ったら、漁師の妻でなくても、
そういう心意気になるだろう。

あっちこっち。

ブイちゃん、元気ですか。
気仙沼で、人間のおかあさんと
合流したのでした。
とてもきれいな海のそばで、
きれいなレディースと会って、
また打ち合せしたり、試食したり、
しっかり海鮮丼を食べたりしました。
今日は、あっちこっちよく動きました。

スコップ団のおもしろいところは、
まったく「ごほうび」と「お礼」がないことです。
これは、震災以来のいろいろな場面で、
あらためてよくわかったことなのですが、
「ごほうび」や「お礼」がないと知っててやることが、
「なんのためになにをするか」を
明確にしてくれるんですよね。

きれいどころ。

ブイちゃん元気ですか。
山元町のおそうじも終わり、
「きれいどころ」有志と記念写真。
新幹線でかえります。
おとうさんも、元気ですよ。

明るい服を着ようかな、もう少し大またで歩こうかな。

ぼくら、力を貯めよう。

助けの助けになりたいね。

「ふつうの人」どうしが助け合える、ってことを信じよう。

あれだけひどいことをした自然が、
もうじき桜を咲かせる。

桜ばかりでなく、足もとに、窓辺に、植え込みに、
たくさんの春の花が無邪気に咲いています。
なにがあろうが、咲くものは咲く。
無邪気というのは、いいね。きれいだし、かっこいい。

こんなときだから花を買おう、と思っていたのだけれど、なかなか買わないまま時間が過ぎていた。

犬の散歩から帰ってきた家人がガーベラを一輪手にしていた。

「あ、いいね」とぼくは言った。

「もらったの、こんなときだから花をって、配ってたの」。

みんな同じようなこと思ってたんだね。

あねもね。

人間のおかあさんがもらってきた
ガーベラは、いまも咲いてますよ。

花ことばは「希望」だそうです。

それはそうと、
アネモネの花だじゃれは、

「あそこんちの妹はかわいいね」

「姉もね」

……だそうです。

失敗も犠牲もさんざんあったのだろうけれど、
「この世」を、人びとはつくってきた。
ほんとに絶望的な状況があったと思うんですよ。
それでも、いま、その時代の人びとの子孫は、
つまりぼくらは、ここにいる。

あの日までの日常でない日常に、ぼくらは帰っていきます。

すぐよるに。

このごろは、
すぐ夜になっちゃうんだから。
早めにね、
お昼を食べたら
すぐに出かける
っていうくらいの姿勢で、
散歩に行かなきゃいけない。

けいろうの日のさんぽ

やってきたのは、池でした。
ランニングしている人や、
池を見ている人や、
ザリガニを釣ってる人が、
あちこちにいました。
犬は、池のそばに近づくのが、
ちょっと苦手になったみたい。

ぼくは、わりと他人の夢に出る名人らしいです。
「コツは？」ときかれても困るのですが……。

カニクイザルのあいさつは
「カニ、食ってるかい?」ですが(以下、略)。

「どっちでもいい」を略号にしました。

「DDI」。

「都々逸」と同じになっちゃうけど……。

ぼ、ぼかぁ……ぼかぁ……野球が好きだなぁ。
プロ野球がはじまったっていうだけで、
なんか好きな女の子のいるクラスに
編入されたような……毎日になったよ。

原監督が、こんなことを言いました。

「野球をやるということにおいては、

ぼくら、少年のころからなんにも変わってないんです。

ユニフォームに袖を通して、スパイクを履いて、

試合に臨む気持ちというのは、

何十年やっていようが、まったく同じなんです」

あらゆることが複雑になっていく時代に、

野球の語られ方も変わってきましたけれど、

実は、野球をやるということは、

いつの時代でも、何歳になっても、

まったく変わってはいないのだというのです。

ぼくの心も、子どものような笑顔になりました。

お互い野球少年です。
いつまでもグータッチ続けられる
関係でいたいです。
原辰徳

ぐーたっち。

おとうさんが帰ってきました。
「ブイちゃんに、こんど、
ぐーたっちを教えてあげよう」と、
はりきっていました。
犬は、ぐーは得意なのですが、
うまくできるんでしょうか？

過ごしやすい季節になって、
ボール投げをする犬の走りがずいぶん力強くなった。
からだ全体が弾むようでかっこいいんだ。
スーパーボールみたいなんだ。いいぞうっ。

つちとくさ。

土とか、草とか、
犬が走りたくなるのは、
こんな場所です。
ああうれしい。
ああたのしい。
おうちのなかが、ぜんぶ、
床やカーペットじゃなくて、
土と草になってしまえばいいのに。

「すし」を思うほどに、友情を思えるだろうか、わたしよ。

さば。

なんか、いまの時期、
サバがいちばんおいしいような。
いや、もちろんまぐろも、ほたても、
いかも、かわはぎも、おいしいけど。
サバが、ずいぶんおいしいなぁ。

ラーメンだと、焼豚がもっと欲しいと思うのに。
チャーシュー麺だと、焼豚がちょっと多過ぎなんだ。

今日はお昼からピザだ。こころを、前もってピザ用にする。

強烈に煮魚食べたい夜なんだぜ。

「もち」、好きなことばだ。

ぼくは、さといもをすきなひとのことが、すき。

おにぎりは、最終的にはぜんぶ好き。

夜は餃子を30コくらい食べたんだけど、
他のものをなにも食べなかった。
でも、餃子って炭水化物と肉と野菜とが、
ぜんぶ入っているんだぜ。

唐突に「なにかおいしいものの味」を思い出した。
それは、なに？　それはなに？
懸命に思い出そうとした。ついにわかった。
「白身魚の唐揚げの甘酢かけみたいなもの」だった。
しっかし、よく思い出せたよ、おれ。

おかゆをつくるぞー。おいしいんだ、これが。
しかも、おかゆって体調をよくするんだぜ。

具の入ってない小さな茶碗蒸しの上に、
小さな生うに乗せて、小さな匙で食べる。
これ、小さな幸せの大きいやつ。

「すし」を思い、「すし」を念じ、
「すし」を願うように「すし」と書く。
墨と筆で、たましいをこめて。

今年は、桃が格別においしいような気がする。
山梨、岡山、山梨、福島、福島と、
あちこちから頂戴した。ぜんぶ、うんまい。
これを読んでないであろう人たちに、御礼など言ってみる。

山や、海や、里やらで、
みんなをよろこばせるおいしいものをつくったり、
収穫したりしている皆さん、ありがとうございます。
簡単じゃないことで、ご苦労も多いことですが、
どんな仕事にも負けない「沈黙のファン」がいます。
ぼくは誰を代表するわけにもいかないけれど、
まずは、じぶんを代表して、感謝してますと告ります。

まったく文句のつけようのない「焼きなす」だけれど、
たったひとつの欠点は、すぐ食べおわっちゃう、ということだな。

「もちってやつは、焦げも、もちだからな！」ってゆーか、
「焦げあってこそのもち」ですよね。

やけどしそうなくらい、
熱々のごはんをふわっとにぎった、
飯島奈美さんのおにぎり……
そりゃぁ、もう「いのち」のようですよ。

初豆ごはん。好きだなぁ、豆ごはん。

実はね、焼いたもちに「さとうじょうゆ」つけて
海苔を巻いたものを食べてさ、後片づけしてなかったわけよ。
数時間も経った「さとうじょうゆ」に指をつけてぺろりとなめてみたら、
これがうまかったんだなぁ。
「おれは、さとうじょうゆそのものが、こんなに好きだったんだ」
と気づいたのです。

桃ばっかりおいしくいただいていて、スイカを食べてるひまがない。
スイカも好きだけど、もう今年は桃と暮らす。

「赤福」を創作した人には、憧れる。
これまでに、ぼくを、どれだけよろこばせたことか。
「赤福」の、もちひとつの分量だとか、
そのやわらかさの加減だとか、あんこの量だとか、
その甘みの加減だとか、並べ方のデザインだとか、
箱の素材やかたち、へらの素材や工夫、包み紙の留め方、
値段、卸先の広さと限定感……
なにもかも、考えてここまできたんだよね。

大根がおいしくなります。魚に脂が乗ります。
毎日毎日、鍋料理でも、ぼくはかまわない。
あ、そういう冬がくる前に、秋の味覚もありましたね。

低い山のなかにある古い古い店に
「ぼたん鍋」を食べに行った。
歩いて帰ると言ったら、
提灯を持たせてくれた（そのくらい夜道は暗い）。
歩くのにとても都合がよかったのだけれど、
物陰から飛び出してきた侍に
バッサーッと斬りつけられるような気がした。

ぼたんなべ。

ひと冬に二度か三度、
「ぼたん鍋」を食べます。
いのしし肉の脂は、
どうしてさっぱりしてるのか。
不思議だなぁなんて思いながら、
けっこうたくさん食べます。
大根おろしもいっぱい食べます。

おみせしましょう。
ごきげんいかがですか。
犬です。
今日は、犬がこわして
人間のおかあさんが縫い、
犬がまたこわして、
人間のおかあさんがまた縫う
……その丸太をお見せします。
犬は、まだまだ噛みます。
そして、穴を空けますからね。

おうだんほどう。

横断歩道を渡っていると、
えらいねと言われたりします。
信号を待っているときにも、
いいこだねと言われたりします。
犬は、そういうことだけは、
得意なんですよね。
横断歩道で、じっくりおちついて
「運地」したこともあるんですよー。

あめどす。

いっぱい降ってはいないんですが、
朝から、雨でした。
しょうがないので、
あんまり濡れないところで
ボール投げをしてもらいます。
ちょっと、ざんねんですけどね。
まぁ、いいです。

あめどす（改訂版）。

このひとつ前の写真は、
ボール投げをしているというより、
犬が人間のおかあさんに吠えて、
なにやらわがままを言ってる、
というふうにも見えるので、
こっちのスポーティなやつを、
出してもらうことにしました。

ボール集め。

おとうさん、いま、人間のおかあさんが、
傘をとりにいったわけはね、
奥にあるボールをとるためだよ。
犬は、そういうときには、
吠えながらぐるぐる走り回るの。
にぎやかにしてあげるんです。

そうじ。

犬は、おそうじのときは、
とてもいいこにしています。
掃除機の行くところ行くところ、
よけながら見ています。
おとうさんも、よけながら、
ヤクルト飲んだりします。

昨夜の皆既月食ショーは、よかったなぁ。
得意そうに輝く満月に、少しずつ影が差して、
やがて黒く赤いボールのようになる。
ぼくは、東京のじぶんの部屋で見ていたのですが、
ほとんど真上にある月を見つめているうちに、
こんなこと、いままであったっけなぁと思いました。
これほど、空のてっぺんを見ていたことはない。
空を見ることはいくらでもあったけれど、
こんなふうに、空の中心みたいなところを見るのは、
じぶんにとって初めてのことでした。

それだけでも、いい夜でした。

思えば、それなりに長い間、
いろんな意味で、汚れの話題ばかりでした。
でも、目が遠い月を追っているうちに、
ちがう世界もあることを思い出しました。

月食が終わって、月は元に戻りました。
それを見るぼくらの目も、地上を見るようになります。
でも、昨夜のように、遠くに目をやることは、
いつでもできるはずだし、それを忘れないようにします。

ちゅうしゅうのめいげつ。

今宵は、中秋の名月。
毎年、そういう日がくるけれど、
こんなによく見える夜は、
はじめてかもしれない……。
と、忘れっぽいおとうさんは、
言いましたとさ。

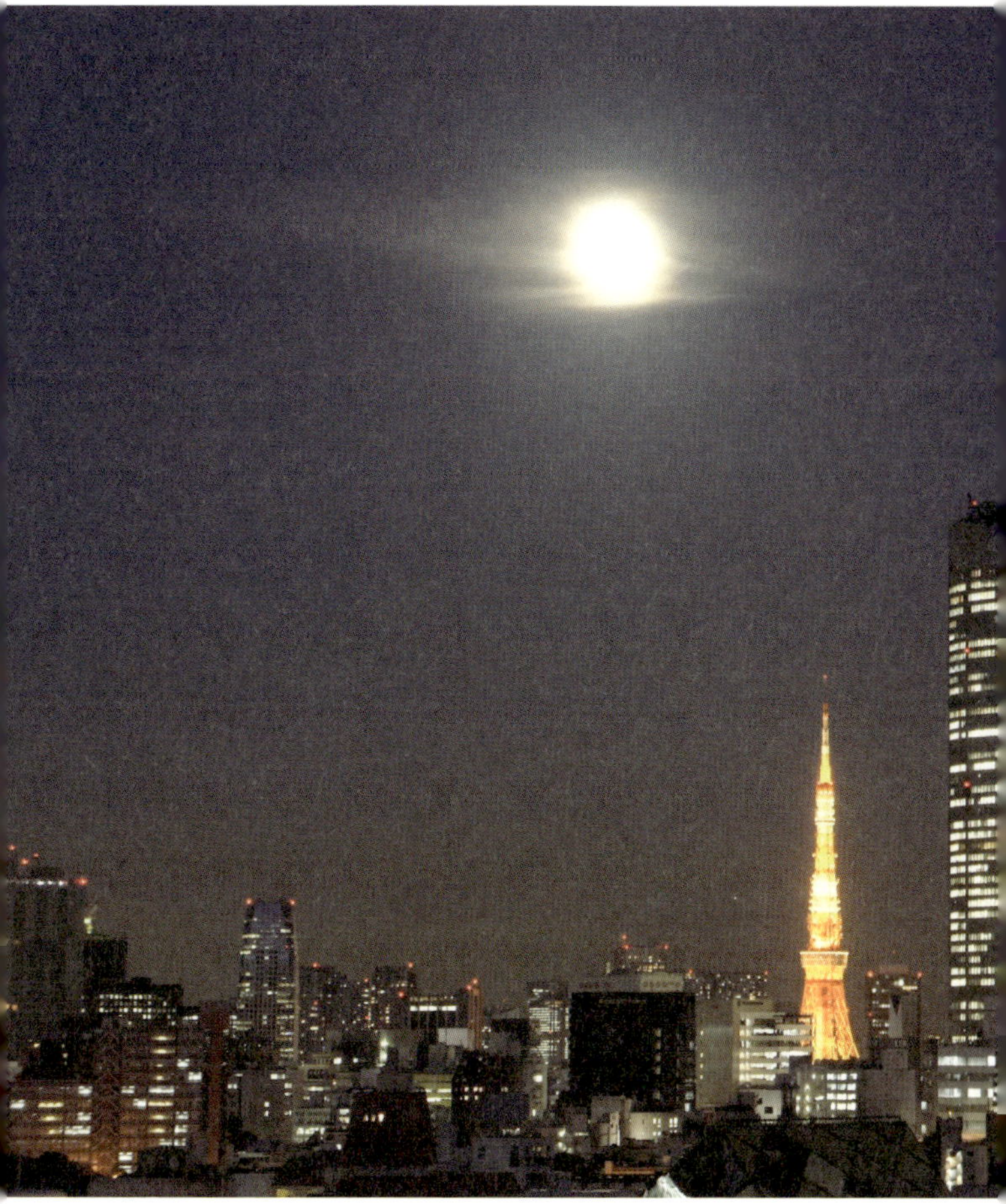

見えないくらい小さい思い出が、
今日も降り積もっていく。
思い出を思い出したことで、
それがまた思い出になっていく。

なんども、思う。
人の気持ちの、ひとつだけの基本は
「さみしい」なのだろうと思う。

終わりの背中には、はじまりの胸がくっついている。
ほっんとに、そう思うなぁ。
だから、「終わり」をつくるというよりは、
いい「はじまり」を考えるほうがいいのかもしれない。

夢って、しょっちゅう叶ってるんだよね。
ブータンの人とかは、それを知ってるんじゃないかなぁ。

煎じ詰めれば、1行で済むようなことを言ってます。
でも、このくらいの時間、つきあってほしいから、
このくらいの分量で言ってるんですよね。
ことばって、愛撫みたいなものでもあります。

同じようなことを思ったとしても、
その同じようなことを、
もういちど、あらためて書いたほうがいい。

誕生祝いのことばをくれた人たち、ありがとう。
あんたにゃぁ、きっといいことがあるよ。
祝う門《かど》に福が身を潜めて、襲いかかろうとしてるぜ。

手は、両側から伸ばしあってつなぐものですからね。

なかよし。

犬とおとうさんは、
とてもなかよしなので、
いっしょにテレビを見ます。
「く、くるしい」とか言っても、
はねのけたりはしません。
とても、やさしいです。

あまえ。

これは、犬が甘えてるのではなく、
おとうさんが甘えているのです。
イヤそうにしているけれど、
ほんとはイヤじゃないんです。
おとうさんは、ツンデレですか？

ねがお。

起きているときには、
うるさくも吠えますし、
知ったような口もききますが、
眠ってしまえばかわいいものです。
寝顔のにくらしい動物がいたら、
会ってみたい、くらいです。

いない。

目を覚ましたときに、
犬と妻とが散歩にでかけていると、
家のなかの空気が動いてません。
軽くなったような気持ちと、
すこしがっかりしたような感じを、
こころに持ったまま、
メールチェックをしたりします。
耳は小さな物音を探しています。

なんだか、未来のじぶんが、
「そこのところを覚えておけよ」と、
言ったのかもしれないです。

FSI-655

こすもす。

ブイちゃん、留守番ごくろうさま。
おねえさんに散歩してもらって、
いっぱい歩いたんだってね。
おとうさんたちは、
陸の上の船を見たり、
たくさんの人に会ったりしてたんだ。
コスモスがきれいだったよ。

帰り道。

ブイちゃん、元気ですか。
おとうさんは、いま、
いろんなことを思いながら、
また窓の外をながめています。
この空と、東京の空は、
つながっているんだよ。
あっ、にわか雨だ！

メッセージやイラストなど

夜は、待っている。

二〇一二年四月　第一刷発行
二〇二〇年七月　第四刷発行

著者　糸井重里

構成・編集　永田泰大
ブックデザイン　清水 肇（prigraphics）
進行　茂木直子
印刷進行　藤井崇宏（凸版印刷株式会社）
イラスト　ゆーないと
協力　斉藤里香

発行所　株式会社ほぼ日
〒107－0061 東京都港区北青山2－9－5 スタジアムプレイス青山9F
ほぼ日刊イトイ新聞 https://www.1101.com/

印刷　凸版印刷株式会社